17 Février 1913 V

OBJETS D'ART ET D'AMEUBLEMENT

ETOFFES & TAPISSERIES
ANCIENNES

Faïences et Porcelaines Anciennes

OBJETS DE VITRINE

BRONZES

Importante Garniture de Cheminée
DE DASSON

SIÈGES & MEUBLES

CATALOGUE

DES

Objets d'Art et d'Ameublement

ÉTOFFES & TAPISSERIES

ANCIENNES

FAIENCES ET PORCELAINES

ANCIENNES

Terre cuite du XVIIIe Siècle

OBJETS DE VITRINE

BRONZES

Importante Garniture de Cheminée

DE DASSON

SIÈGES ET MEUBLES

DONT LA VENTE AURA LIEU A PARIS

HOTEL DROUOT, SALLE N° 8

LE LUNDI 17 FÉVRIER 1913

à deux heures

<table>
<tr><td>COMMISSAIRE-PRISEUR</td><td>EXPERT</td></tr>
<tr><td>Me HENRY BRICOUT</td><td>M. ÉDOUARD PAPE</td></tr>
<tr><td>8, rue Sainte-Cécile</td><td>Expert près le Tribunal civil de la Seine</td></tr>
<tr><td>PARIS</td><td>174, Faubourg-Saint-Honoré</td></tr>
</table>

EXPOSITION PUBLIQUE

Le Dimanche 16 Février 1913, de 2 heures à 6 heures

CONDITIONS DE LA VENTE

Elle sera faite au comptant.

Les adjudicataires paieront *dix pour cent* en sus des enchères.

L'exposition mettant le public à même de se rendre compte de l'état et de la nature des objets, aucune réclamation ne sera admise une fois l'adjudication prononcée.

Paris. — Imp. de l'Art, Ch. Berger, 41, rue de la Victoire.

DÉSIGNATION

PORCELAINES
ANCIENNES

1 — **Chine**. Plat, décor rouge et or : vase fleuri.

2 — **Chine**. Petit plat à bords dentelés, décoré de fleurs et branchages. Camaïeu bleu.

3 — **Chine**. Deux lampes en céladon. XIXe siècle.

4 — **Chine**. Plat, décor polychrome : trois personnages devisant près d'un bouquet d'arbres. Époque Kang-Shi.

5 — **Japon**. Plat, décor polychrome de rosaces et réserves à paysages.

6 — **Japon**. Plat, orné de six réserves, décoré en bleu, rouge et or sur fond bleu. Au centre, arbustes fleuris.

7 — **Japon**. Dix-sept assiettes et deux bols.

8 — **Japon.** Plat, décoré en bleu, rouge et or, au marli, de fleurs et branchages ; au centre, d'un vase fleuri.

9 — **Japon.** Plat creux, décoré en bleu, vert, rouge et or de branchages et de fleurs. Au centre, sur une voiture, un vase fleuri. Décoré au revers.

10 — **Japon.** Deux assiettes polygonales, décor polychrome.

11 — **Japon.** Trois plats, décors polychromes divers.

12 — **Japon.** Plat plus petit : vase de fleurs et réserves sur fond bleu.

13 — **Japon.** Cinq assiettes, décors divers.

14 — **Indes.** Trois plats longs, de forme contournée, décorés de guirlandes de fleurs et papillons polychromes.

15 — **Indes.** Assiette : fleurs polychromes.

16 — **Indes.** Deux présentoirs, décor de paysages.

17 — **Locré.** Quatre compotiers, décorés de bouquets de fleurs polychromes.

18 — **Locré.** Coupe, même décor.

19 — **Paris.** Quatre compotiers, décor de barbeaux.

20 — **Paris.** Groupe en biscuit, présentant une scène de vendange. XIXᵉ siècle.

FAIENCES ANCIENNES

21 — **Delft.** Deux plats, décor camaïeu bleu dit au paon.

22 — **Delft.** Plat, à décor polychrome de vases fleuris.

23 — **Delft.** Bouteille carrée, décorée en camaïeu bleu de personnages et paysages chinois.

24 — **Delft.** Grande plaque, à bords contournés, décorée d'un paysage animé de personnages et d'un troupeau.

25 — **Alcora.** Plat long, à bords contournés, décor polychrome de branchages, fleurs et personnages.

26 — **Les Islettes.** Trois assiettes, décor polychrome au Chinois.

27 — **Hispano-Arabe**. Plat creux, décor de fleurs et feuillages à reflets métalliques. Au centre, un cerf.

28 — **Moustiers**. Plat long à bords contournés, décor Bérain, camaïeu bleu.

29 — **Rouen**. Plat, à bords contournés, décor polychrome « à la pagode ».

30 — **Rouen** (?). Grand plat rond, décor camaïeu bleu de rosaces, réserves quadrillées et ornements de ferronnerie.

31 — **Strasbourg**. Cinq compotiers, à bords dentelés, décor de roses.

32 — **Strasbourg**. Un plat et trois assiettes, même décor.

OBJETS DE VITRINE

33 — Montre en argent, décorée d'une scène allégorique en relief dans un cartouche rocaille. Époque Louis XV.

34 — Petit bénitier en ivoire ajouré. Travail de Dieppe. xviiie siècle.

35 — Éventail de mariage, pailleté. Époque Louis XVI.

36 — Éventail, présentant une scène animée dans un parc. Époque Louis XVI.

37 — Éventail à devises. Fin du xviiie siècle.

38 — Petit éventail. Commencement du xixe siècle.

OBJETS VARIÉS

39 — Gobelet et son plateau. Travail persan.

40 — Six fermoirs de livres en argent. xviiie siècle.

41 — Tête de saint Jean-Baptiste en haut relief. Marbre. xviie siècle.

42 — Tête d'enfant, vue de profil. Marbre blanc.

43 — Frégate. Fin du xviiie siècle.

TERRE CUITE

44 — Petit buste de faune, le visage tourné de trois quarts à gauche, la bouche légèrement entr'ouverte, les cheveux ornés de feuilles et de baies. xviiie siècle.

BRONZES ET PENDULES

45 — Deux lampes en bronze patiné, genre antique.

46 — Lot d'ornements de meubles, de différentes époques.

47 — Cinq statuettes et ornements en bronze, provenant de chenets ou pendules.

48 — Lampe en bronze patiné, à sujets d'Amours en relief. Signée : *Joseph Chéret*.

49 — Lampe Vieux Kutani, monture en bronze. Fabrication de *Barbedienne*.

50 — Groupe en bronze patiné : Faune jouant avec un enfant qui lui a dérobé son thyrse. Signé : *Perraud, 1859*.

51 — Paire d'appliques en bronze ciselé et doré, à trois lumières. Style Louis XV. Fabrication de *Dasson*.

52 — Jolie pendule en bronze ciselé et doré et marbre blanc, présentant une bacchante tenant de la main gauche une amphore et pressant de la main droite une grappe de raisin dans une coupe que lui tend un Amour. Style Louis XVI.

53 — Importante garniture de cheminée, composée d'une belle pendule, de deux girandoles et de deux flambeaux de la fabrication de *Dasson*.

La pendule représente Vénus accompagnée de l'Amour qui lui tend une flèche. Elle pose le pied droit sur une coquille et élève la main gauche en l'air. Ces deux personnages sont en bronze doré finement ciselé.

La paire de flambeaux se compose d'un homme et d'une femme tenant une corne d'abondance qui supporte la lumière.

Les girandoles sont formées d'un œuf en métal bleu supporté par une base rocaille et par des branches à cinq lumières en bronze ciselé et doré.

SIÈGES ET MEUBLES

54 — Deux chaises cannées. Bois sculpté et doré. Style Louis XV.

55 — Ecran en bois sculpté et doré. Style Louis XV. Il contient une feuille en velours rouge ancien à broderies.

56 — Miroir en bois noir et encadrement de bronze doré. Style Louis XIV. Fabrication de *Sormani*.

57 — Petit guéridon, à trois pieds et entrejambe, en bois noir et bronze doré. Ceinture en marqueterie de citronnier. Dessus de marbre. Fabrication de *Dasson*.

58 — Petit meuble d'entre-deux Louis XVI en acajou, à deux portes et quatre tiroirs. Pieds cannelés. Dessus de marbre.

59 — Commode en marqueterie de bois de rose et de violette. Époque Louis XVI.

ÉTOFFES ANCIENNES

60 — Soixante-quinze fragments de damas des
xviie et xviiie siècles et de l'Empire. (Seront divisés.)

61 — Quatre-vingt dix fragments d'étoffes brochées
ou lamées de métal, d'époques Louis XIII,
Louis XIV, Louis XV et Louis XVI. (Seront
divisés.)

62 — Trois morceaux d'étoffe imprimée.

63 — Trois morceaux de velours des xviie et
xviiie siècles.

TAPISSERIES ANCIENNES

64 — Dix fragments : bandes, sièges carrés de
tapisserie, des xviie et xviiie siècles.

65 — Tapisserie, présentant un empereur faisant
briser les fers d'un prisonnier. Bordure de
fleurs et d'amours. Flandres, xviie siècle.

66 — Grande tapisserie, présentant une scène de
l'histoire d'Alexandre. Aubusson, xviie siècle.

Haut., 2 m. 75 cent. ; larg , 4 m. 30 cent.

67 — Objets omis.